KB115474

푸른 바람

시와소금 서정시 · 02

# 푸른 바람

## 최옥자 시조집

시와소금

**▎최옥자**

- 1993년 《시조문학》 추천 완료.
- 1996년 제16회 캐나다 신춘문예 시조 당선.
- 부산여자대학교, 국립창원대학교 대학원 무용학과 졸업.
- 시조집으로 『툰드라의 아침』 『하얗게 지우고픈 그대의 먼 이름은』 『푸른 바람』이 있음.

글은 나를 일으키는

내 안에 맑은 샘물

어딘가에 솟고 있을

그 단물 마시고자

목마름 가슴에 안고

먼 길 찾아 떠난다

# | 차례 |

| 시인의 말 |

## 제1부 빈 의자

동백꽃 ── 013

쟁반 ── 014

손수레 단상 ── 015

가을비 ── 016

무화과 연정 ── 017

분꽃의 일생 ── 018

도마 그 일상 ── 019

하루살이 ── 나방 ── 020

대변항 방파제 ── 021

질경이 ── 022

슬리퍼 ── 023

빈 의자 ── 024

오래된 문 ── 025

문탠로드 ── 026

## 제2부 거리의 악사

빗방울 —— 029

남지철교 —— 030

9월에 —— 032

매화 —— 033

골목 시장에서 —— 034

대변항 —— 035

능가사 옆집 —— 036

고무줄 —— 037

거리의 악사 —— 038

냉이꽃 —— 040

파도 · 1 —— 041

파도 · 2 —— 042

일광 바다 —— 043

목발처럼 —— 044

고사리의 연민 —— 045

## 제3부 기장역

잔상 — 동해선 교대역 비둘기 ── 049

해송 ── 050

박꽃 · 3 ── 052

연필 ── 053

팽목항에서 ── 054

어느 간병사 ── 055

소나기 오는 날 ── 056

제비꽃 ── 057

기다림의 정의 ── 058

오월의 어머니 — 성모성월에 ── 059

마을버스 ── 060

불면 ── 062

기장역 ── 063

석별 — 정명희 선생님 ── 064

철마에서 ── 065

## 제4부 바람개비

새벽 미사 가는 길 — 069

치자꽃 — 070

성당 부부 — 김복수 고원자 부부 — 071

문우 30년 — 청술레 동인 — 072

달맞이 소식지 — 창간호에 부쳐 — 073

보은 — 보증 — 074

헤아려보다 — 075

버스를 기다리며 — 076

게으름의 숙제 — 077

개망초꽃 — 078

밤나무 — 079

바람개비 — 080

어떻게 아실까 — 081

**작품해설 | 박지현**

작은 꽃의 세계, 내 안의 푸른 날을 위하여 — 085

제 **1** 부

빈 의자

# 동백꽃

아무리 차가워도
그리움은 뜨겁고

꽃잎에 진
멍울은
번져가고 있는데

여밀 수 없는 이 마음
꽃샘바람 몰아친다

# 쟁반

둥글게 살아가는
정해진 삶이라며

각이 진
모서리를
아프도록 깎아내어

스스로 무릎을 꿇고
두 손 고이 받든다

# 손수레 단상

허름한 처마 밑에
손때 묻은 낡은 수레

제 맘대로 가지 못한
먼발치 보고 있다

절박한 삶의 무게를
지치도록 채워야 할

인력으로 끌려가는
저 노파의 뒤를 따라

꾸겨진 폐품 싣고
긴 한숨도 함께 얹어

어둠이 깊게 내리면
별 헤며 꿈을 꾼다

# 가을비

게으른
밤비에는
온 산하 흠뻑 젖고

마른 땅 이랑에도
감춰 둔 마음에도

애달픔
눈물 강 되어
소리 없이 흐른다

# 무화과 연정

그리움은 아득히
적막에 젖어 있고

푸른 눈은 하늘 향해
시린 달빛 따라간다

가늠도
할 수 없는 건
꼭 다문 깊은 침묵

꽃으로 피지 못한
안으로만 끓는 혼

발갛게 다 쏟아야 할
응어리진 가슴으로

낮이 긴
여름날 오후
장지 밖이 뜨겁다

# 분꽃의 일생

꽃으로 산다는 건
삼대三代의 천년 기도

잎사귀
줄기마다
배어 나온 땀방울

이 밤 다 새고 나면
오므라들 저 송이

# 도마 그 일상

식탁의 즐거움을
몸으로 끌어안고

날이 선 두드림은
처절한 절규던가

면벽에
성긴 밤잠은
젖은 몸을 말린다

핏물 든 시간 앞에
매몰차게 씻겨져

뒤척이다 다시 눕는
미명의 신새벽을

네모난
획을 그으며
충혈로 뜨는 아침

# 하루살이

―나방


시간과 공간 사이
파르르 떨고 있다

뒷짐 진
깊은 여한
몸부림을 치는가

쫓기는 시간의 찰나
그 조각을 맞추나

# 대변항 방파제


고독이 길게 누운
인기척 끊긴 항구

왁자하던 비린내
파도에 씻겨지고

삼동三冬의
허기진 항구
여윈 바람 부빈다

세찬 파도 거부하다
몸이 닳은 이끼 돌

무리 짓던 갈매기
어디로 다 갔는지

뱃고동
가슴 울린다
등대 홀로 깜빡인다

# 질경이

볼품없다 피는 풀잎
천더기라 밟히는가

질긴 삶
저며 올 때
허기보다 서럽고

질경이 흐드러진 길
아픔이 눕는구나

# 슬리퍼


일상에 옥죄이며
벗어나지 못한 동선

허드렛일
소일 삼아
늘상 밟혀 온 삶들

뒤축이
허물어져도
헐렁한 발 감싸주네

# 빈 의자

기다림에
익숙한
바람조차 멎은 날

정지된 시간들과
실랑일 하고 있다

누구를
기다리는가
인색한 거리에서

# 오래된 문

문설주
벗을 삼는
빛이 바랜 장지문

안과 바깥 세상사
문지방 넘고 있다

일생을
침묵 여미며
가슴앓이 하는가

# 문탠로드

세월이 밟히어서
구비로 튼 산책길
침묵의
바다에서
파도 소리 철썩인다
갈매기 외따로 앉아
떨린 가슴 묻는다

한 자락 타는 하늘
구름마저 비켜 가고
솔바람 일렁이는
호젓한
오솔길에
매듭진 인연의 끈을
아프게 풀어낸다

# 빗방울

어머니의 묶어 둔
인고의 이야기가

참다 참다
못 이겨
봇물 되어 터졌다

후드득 내 안에서도
강이 되어 흐른다

# 남지철교

몸살 앓던
시련들이
쌓여서 길이 되는

물과 물의 경계의
소용돌이에 서서

그리움
세월 맞잡고
긴 몸 뉘어 귀를 연다

아픈 역사
이겨낸
무언의 증거들은

잔잔한 파도 따라
흔적 없이 흘러가고

새롭게

태어난 기상

문화재로 꽃 피운다

## 9월에

하늘은 청청한데
내 마음엔
비가 온다

어쩌지 못한 마음
다스릴 길 없는데

청 초록
나뭇잎 사이
구름 한 점 매단다

# 매화

찬 서리
맞으면서
기다림을 익혔고

부단히
산을 넘는
저 햇살 붙잡는다

매정한
이 찰나 온기
긴 여운에 젖는다

# 골목 시장에서

비켜 가기 버거운
좁은 골목 모퉁이

한 노파의 남루가
난전을 채우는데

굳은살
박힌 손마디
흐린 아침 맞는다

단속반 사이렌이
불시에 달려오고

어둔하던 할미 손
마음마저 바쁜데

비질된
노파의 장터
굽은 등이 무겁다

# 대변항

어부의 하얀 입김
그물망에 서리면

집어등 낡은 어선
은빛 차린 오징어 떼

방파제 어루는 파도
아침 함께 열고 있다

내 어머니 품속이다
포근히 잠이 들은

유년의 기억들을
한 겹씩 벗겨 내면

먼 하늘 청자빛 어린
고요 항구 깨어난다

# 능가사 옆집

새벽닭 먼저 울어
범종 소리
들려온다

고요 적막
밀어내고
잠든 대지 깨운다

나무와 풀을 흔들고
누운 나를 일으킨다

## 고무줄

스스로 잊히어서
섧게 사는 아득한 줄

속뜻 가늠하였지만
목숨보다 질긴 삶

당겼다
놓아버리면
숨이 가쁜 저 속력

낮은 곳 후미진 곳
두루 살펴봐야 했던

오욕으로 팽배한
부패한 오늘 향해

내 손등
휘감아 때린
뼈아픈 체벌이다

# 거리의 악사

삭풍이 뒤를 미는
콘크리트 벽 아래

많던 발길
썰물처럼
쓸려가고 있는데

남루한
초로의 남자
기타 줄이 떨고 있다

애절한 그의 노래
진지한 그의 반주

어둠이
짙어가는
쓸쓸한 거리에서

누구를

위한 목청을

저리도 쏟아낼까

# 냉이꽃

긴 뿌리
깊게 내려
누더기로 피운 잎

마른 땅 돌 틈에서
침묵으로 여미어

보는 이
하나 없어도
별 무리로 떠 있다

# 파도 · 1


결결이 사무치는
고독이
부서진다

가까이 다가가면
더 멀리 달아나는

심연의 젖은 아픔이
물보라로
피어오른다

# 파도 · 2

억겁 질풍 돌아와
한숨 돌려 머문 포구

야윈 달빛 아래서
쌓인 피로 풀고 있다

이 물결
기댈 곳 없어
떠날 채비 서두르나

고향마저 잃어버린
떠돌이 객이 되어

그리움 치근대는
밤 물살 근육 너머

안간힘
다 쏟아부어
심연을 뒤흔든다

# 일광 바다

고요히
밀려오는
아득한 그리움이

수평선 담을 넘어
모래알을 적신다

애끓는
파도 소리는
이 가슴 헤집누나

# 목발처럼

내려앉는 무게들을
온전히 다 맡긴다

누가 대신해줄 수 없는
기능 잃은 걸음걸이

험난한 고난의 길도
기꺼이 동행이다

새하얀 금속질의
가녀린 기둥 발은

모든 걸 다 내주는
내 어머니 손길 같다

진종일 눕는 일 없이
품 안으로 녹아든다

# 고사리의 연민

지표 아래
숨죽여
아련한
기억 찾아
솜털 포자
털고 나와

물음표
장대 들다

억겁을
함께해온 숲
네 그리운 봄날이다

제 **3** 부

기장역

# 잔상
— 동해선 교대역 비둘기


한정된 낯선 공간 짧은 보폭 주저앉아

인간이 흘린 부산물 밑 당으로 배 채우며

애교의 길든 날갯짓 터득하는 삶의 길

'비둘기 먹이 절대 주지 마세요'

표지판의 냉랭한 한기 발길을 가로막는데

시멘트만 콕콕 쪼는 야윈 비둘기 한 쌍이여

무한한 저 하늘 향해 힘껏 날아올라라

# 해송

가늠도 할 수 없는
긴 세월
그 자리에

해풍에 살갗 젖어
고요 달빛 감싸오면

속뜻을 품은 저 까치
한허리를 파고든다

저녁놀
아스라이
가슴 한쪽 아려 와

설움은 고이 접어
돛단배 실어두고

먼 기억

더듬어가며
이내 홀로 남는다

# 박꽃 · 3


별이 될까 꽃이 된
고독한 작은 가슴

여름날
저녁연기
시장기로 피어나

밤하늘 그리움 젖어
새하얀 손 모은다

## 연필

아픈 살
깎아야만 비로소
설 수 있지

섣불리 다가가다
일순간에
부러져

올곧은
꿈을 그리며
뜨겁게 소멸한다

# 팽목항에서

불러도
대답 없는
절규의 검은 바다

살을 에는 아픔이여
통곡하는 메아리여

멈춰진
시간 속에서
너울 치는 파도야

# 어느 간병사

바스락
소리에도 두 귀
쫑긋 세우는

쉴 틈 없는 그 손은
숙련된 기술자다

철부지
노모 투정을
달래주는 깊은 모성

## 소나기 오는 날

나를 향한 체벌인가
거칠게 몰아친다
일상을 거슬렀던
허튼 맘과 과욕들

젖은 옷
사이를 뚫고
차갑게 찔러댄다

간간이 들려 오는
당신의 엄한 말씀
수없이 되뇌이며
허상을 속죄하다

말갛게
하늘이 개면
귓등으로 보낸다

# 제비꽃

정한의
애틋함을
겨우내 다스리다

더 이상 참지 못해
두터운 지표 흔든다

설레는
맘속까지도
꽃물로 출렁인다

# 기다림의 정의

한 곳만을
응시하여
눈이 감기지 않는

서서히 말라 가는
수정체의 세포다

신기루
섰는 사막을
헤매는 여정이다

# 오월의 어머니
— 성모성월에


마른 가지 새순 돋아
연둣빛 물이 들면

풀꽃의 이슬처럼
조용히 오십니다

닫힌 맘
두드리시며
열어라 열라 하십니다

인자하신 어머니
당신의 발아래서

떨리는 가슴 안고
붉은 화환 엮습니다

지혜와 순명의 길을
내려 주시옵소서

## 마을버스

바쁜 일상 속에서
더딘 널 기다린다

가파른
언덕길을 몇 구빌
넘었는지

긴 입김
토해내면서
숨 가쁘게 오고 있다

낡고 작은 그 몸엔
무게도 마다않고

빈자의 아픔까지
함께 싣고
가려는지

비탈길

덜컹거리며

산동네를 넘어간다

# 불면

청할수록
멀어지는
민들레 홀씨이다

새하얀 깃털 세워
하늘하늘
흩어지는

저만치
잡히지 않는
잔인한 기억 상실

# 기장역

물감을 푼 파도가
바쁘게 밀려온다

좁은 출구 앞에서
차례를 기다린다

동해선
넘치는 물결
안아 주는 작은 역

# 석별
— 정명희 선생님


온몸
송두리째 빠져들게
해놓고

아쉬운 정 남겨 두고
먼 밤길 떠나버린

아련한
그대 모습에
이 밤이 깊습니다

# 철마에서


아침이슬 고운 별
넉넉한 인심이네

새소리
바람 타고
계좌골에 머문다

산딸기 영롱한 송이
발길마다 지천이다

제 **4** 부

바람개비

# 새벽 미사 가는 길

첫 마음
첫 시간을
오롯이 드리고자

몸과 맘 다독이는
성스러운 이 새벽길

여명의
길을 밟으며
두 손 모아갑니다

## 치자꽃

모시옷
정갈하게
차려입은 여인이다

소슬바람 고독에
진한 꽃물
묻히면서

한 생을
홀로 피는가
젖어 드는 외딴길에

# 성당 부부

— 김복수 고원자 부부


달빛 고운 작은 언덕
달맞이 성당에는

다정히 마주하는
어진 어울림 보았다

묵묵히
자리 지키는
한 그루의 은총 나무

천상에서 맺어져
차 안으로 왔으리

아픔도 고뇌들도
안으로만 승화한

장부가
주신 주님 몸
은혜 받네 공손히

# 문우 30년
— 청술레 동인


서투른
말을 해도
익숙히
알아듣고

안부 전화 없어도
받은 것 인양
미덥고

곰삭은
묵은지 같은
깊은 맛을
지닌 우리

# 달맞이 소식지

— 창간호에 부쳐


비탈진 언덕 위에
둥근달이 두둥실

어둔 길 밝혀 주려
소리 없이 내려오네

다 함께 우리 손 잡고
달마중을 나가자

기도들이 모여서
믿음의 키가 크면

성전은 내 안식처
영롱한 하얀 달빛

달맞이 소식지 안에
희망 가득 은총 가득

# 보은

―보증


내 몸 아닌
주님 것
내 것인 양 빌려 쓰고

만기일 약속해요
사용료는 없습니다

소중히
이 몸 지키어
기쁨 보답 드립니다

# 헤아려보다

아픔이야
그것쯤
지나면 나아질걸

미움에 가시 돋은
요 아량도 못 삭혀

더 넓은
하늘 우러러
좁은 마음 다스린다

# 버스를 기다리며

붐비는 정류장에
발 저림이 아프다

눈앞을 스쳐 가는
택시가 유혹한다

손 살짝
내밀어 주면
황급히 설 요량이다

내 누굴 이다지도
기다린 적 있던가

무심히 오지 않는
신작로 바라보며

빈 지갑 토닥여 주는
버스를 기다린다

# 게으름의 숙제

조물주가
인간에게
내려 준
법칙 중에

삼시 세끼 끼니를
때워야 한다는 것

한 끼로
하루를 사는
묘법은 없는 건가

# 개망초꽃

나처럼
위를 보고

기지개를
켜 보아

한 여름
뙤약볕에

쑥쑥 자란
내 키는

밤이슬
맛나게 먹은

맑은 생각
때문이야

# 밤나무

외갓집 우물가에
키가 큰 저 밤나무

해마다 탐스러운
밤송이가 열리고

따끈한 군밤 생각에
침이 꼴깍 넘어가요

시외버스 정류장
외할머니 마중 가면

굽은 등 허리 펴서
두 팔 벌려 안아줘요

무거운 알밤자루도
신이 나서 가벼워요

# 바람개비

하양 노랑 빨강 파랑
꽃밭에
사이좋게

바람이 달려오면
요리조리 야단법석

까만 밤 깊어 가는데
뱅뱅뱅
잠도 없나 봐

# 어떻게 아실까

담벼락에
큰 돌 딛고
밖을 쏘옥 내다 봤죠

얘야 넘어지겠다
얼른 내려가거라

내 키는 어른보다 큰데
아이인 줄 아시나 봐요

# 작은 꽃의 세계,
# 내 안의 푸른 날을 위하여

## 박 지 현

(시인 · 문학박사)

# 작은 꽃의 세계,
# 내 안의 푸른 날을 위하여

박 지 현
(시인 · 문학박사)

## 1.

최옥자 시인의 『푸른 바람』은 그의 세 번째 시집으로 소박
하고 담백한 시인의 내면세계가 짧은 시편 곳곳에 잔잔한 울림
을 주며 올곧게 자리하고 있음을 알 수 있다. 무엇보다 시인의
선량한 체취가 시 전편에 골고루 편재되어 있다는 것과 대상을
따뜻하게 어루만지며 헤아리는 손길을 느낄 수 있다는 것이 강

점이다. 유독 작은 꽃에 관심을 기울이고 애정을 갖는다든지 일상에서 자주 만나는 익숙한 이웃들과 삶의 주변 풍경에서 맞닥뜨린 소외된 대상을 껴안고 연민하며 나누는 품새에서 시인이 가진 무게와 매력을 발견하게 한다.

특히 이 시집에서 시인의 관심이 집중된 것 중 꽃을 들여다보면서 대상을 대하는 자세를 깊이 살펴보게 한다. 평생을 춤꾼으로 살아온 시인의 매 순간은 그 자체가 삶이며, 일이었으며, 정서였을 것이다. 그래서 수십 년의 시간을 화려한 춤꾼의 그늘에서 산 시적 자아는 그 자체로 특별한 무엇을 발견한 것이 아닌가 여겨지는 것이다. 크고 화려하고 빛나는 것이 아니라 대상이 가진 그 자체의 '생명과 존재, 역할, 관계' 등에 특히 관심을 갖고 '작고 소박하며 성찰의 시간'에 주목하게 한 것은 아닌지 집중 살펴보게 하는 것이다.

대략 꽃이라는 대상은 개인의 개별적 취향에 따라 선호도의 차이와 범위가 너무 넓어서 딱 잘라 그 우위에 대해 이렇다 말할 수는 없다. 꽃이 가진 개별성과 절대성에서 향기롭고 짙을수록 사랑과 관심을 받기 마련이나 그렇지 않은 경우도 있다. 최옥자 시인이 그렇다. 시인의 시선은 작은 꽃에 집중되어 있다. 아무 때나 제가 가진 아름다움을 극진히 펼쳐내는 작은 대상을 껴안고 노래하는 시인을 발견하면서 그 소박함에 눈길을 두게 한다. 시인에게 집중된 관심과 시선이 바로 여기 이 자리라는 것을 보여주고 싶다는 외침이 아니겠는가. 일명 잡초라고도 분류되는 작은 꽃의 소박한 대상을 통해 내면세계의 확장을 이루고 그 세계가 가진 삶의 진지한 모습을 보다 쉽게 보편적 안목으로 펼쳐내 보이는 시인의 모습은 가까운 이웃처럼 편안하게 느껴진다.

한편 생활에서 반복적으로 만나는 아주 평범한 대상에서도 시인의 적극적인 관심은 유발한다. 일상에서 자주 접하는 작은 대상을 통한 성찰과 반성은 시인이 맞닥뜨리는 삶에 스며들어 아주 자연스러운 상호관계를 맺는다. 이것은 앞의 작은 꽃과 자연스러운 연관성을 갖고 있다는 것과 시인에게 있어 일상적 삶의 진정성과 의미의 견인을 상기하게 한다. 그뿐만 아니라 자아의 확인과 함께 자신을 돌아보는 깊은 반성의 시간을 진지하게 보여주기도 한다. 시인이 만나는 세계, 함께 하고자 하는 세계, 시인만의 삶이 추구하는 삶의 여정은 요란하지 않다. 자연적인 현상에 대한 겸허함, 익숙한 이웃을 여과 없이 받아들이는 겸손한 자세가 전제되고 있음을 알 수 있다. 독실한 가톨릭 신자로서의 편안한 모습 또한 앞서 파악한 내용과 관련성이 있음을 짐작하게 한다.


## 2.


봄의 환희는 꽃으로 온다고 할 때 전혀 과장됨이 없다. 오히

려 아주 자연스럽고 친숙하다. 여전히 추위가 살을 에는 2월
의 매화는 추위를 간단없이 통과할 뿐만 아니라 그 주변의 생
명과 세상을 새로운 봄의 세계로 견인하는 데 앞장선다. 최옥
자 시인의 주변적 삶의 풍토 역시 그러하다. 그가 보아낸 꽃들
은 작을 뿐만 아니라, 그 색도 소박하다. 생긴 모양이나 겉모양
이 주는 위엄이나 꽃의 특성상 주어지는 화려함이나 함부로 가
까이 다가갈 수 없게 하는 품위 같은 것, 근접의 망설임과는 거
리가 아주 멀다. 함부로라든지, 아무렇게, 또는 쉽게 선뜻 이라
는 단어가 주는 익숙한 이미지와 분위기가 우선하기 때문이다.
그렇지 않은가. 멋진 꽃나무, 화려한 봄꽃의 한쪽에서 피어 있
는 듯 없는 듯 그 존재가 드러나지 않는 일이 다반사이다. 아
예 화단이라는 공간에서는 잡초로 분류되어 뽑힐 처지에 놓여
있는 경우도 많다. 야산과 자투리땅이나 학교나 집 담장 아래,
보도블록 틈새에서 소박하고 작은 꽃, 들풀의 존재는 애틋한
연민마저 느끼게 한다.


긴 뿌리
깊게 내려
누더기로 피운 잎

마른 땅 돌 틈에서

침묵으로 여미어

보는 이
하나 없어도
별 무리로 떠 있다

— 「냉이꽃」 전문


볼품없다 피는 풀잎
천더기라 밟히는가

질긴 삶
저며 올 때
허기보다 서럽고

질경이 흐드러진 길
아픔이 눕는구나

— 「질경이」 전문


나처럼
위를 보고

기지개를
켜 보아

한여름
뙤약볕에

쑥쑥 자란
내 키는

밤이슬
맛나게 먹은

맑은 생각
때문이야

—「개망초꽃」 전문

　질경이와 냉이꽃 그리고 개망초꽃은 봄꽃 중에서도 남다른
생명력을 가진 식물로서 셋 다 나물로도 해먹을 수 있고 약초
로도 쓰인다. 특히 냉이는 아직 추위가 다 물러나지 않은 늦은
겨울이거나 이른 봄 언 땅에서도 캘 수 있는 강인한 식물로 봄
의 전령사 역할도 한다. 냉이 밥을 해 먹거나 된장을 끓여낼 때
독특한 그 향기의 들큰 쌉싸름함은 봄이 성큼 우리 앞에 다가

왔음을 알게 한다. 냉이만의 독특한 향을 후각으로 먼저 알려주는 것이다. 최옥자 시인은 화려하지도 않고 눈에 잘 띄지도 않는 풀에 가까운 냉이와 질경이와 개망초에 주목한다. '긴 뿌리/ 깊게 내려/ 누더기로 피운 잎'은 아직 겨울에 몸 한쪽을 내어주고 있는 냉이가 마치 땅을 움켜쥐고 있는 듯 잎을 땅바닥에 펼쳐놓아 허리를 구부려야만 그 존재를 확인할 수 있게 한다. 몇 뿌리 캐고 나면 손에는 벌써 냉이의 향으로 가득해진다. 지천에 늘려 흔하고 흔한 그 냉이는 우리 서민의 삶의 정서에 깊이 천착해 '마른 땅 돌 틈에서/ 침묵으로 여미어' 생명의 강인함을 상징하고 있다는 것인데 이 부분을 시인은 주목하는 것이다. 냉이는 잎은 잎대로 꽃은 꽃대로 그 역할을 다한다. 하얀 꽃이 필 때 냉이는 더는 나물이 아니다. 그때부터 꽃의 존재로 탈바꿈한다. '보는 이/ 하나 없어도/ 별 무리로 떠 있'는 냉이 꽃은 꽃으로 볼 때도 눈부시게 아름답다. 하얗고 작은 꽃이 무리 지어 피어 있는 들을 보면 냉이에 대한 편견과 우리의 생각이 달라진다. 바람에 흔들릴 때마다 빛이 나는 그 존재에 새삼 감탄하기 때문이다. 한 존재가 먹을거리로 볼 때와 꽃으로 만날 때의 두 모습은 '보는 이/ 하나 없어도/ 별 무리'로 우리에게 스며든다.

  질경이는 봄부터 여름에 걸쳐 피는, 냉이만큼의 강인한 생명체로 각인된 식물이다. '볼품없다 피는 풀임/ 천더기라 밟히는가' 하는 시인의 시선은 생명을 붙들고 있는 작은 존재의 수모에 주목한다. 그 어떤 짓밟힘에도 생명을 놓지 않기에 수모 정도는 끄떡없다. '허기보다' 서러워도 결코 포기할 수 없고 놓지 못할 것이 생명이다. 질경이의 존재 역시 냉이와 비견된다. 초봄에 어린잎은 나물로도 섭취가 가능하지만 여름과 초가을까지 꽃이 피면 온 들판을 하얗게 물들인다. 냉이처럼 꽃의 역할까지 훌륭하게 해낸다. 화려하지도 않고 품위도 없는 들풀답게 아무 곳에서나 아무렇게나 잘 살아가는 꾸밈없는 소박한 자태가 특징이다. '나처럼/ 위를 보고/ 기지개를/ 켜 보아//한여름/ 뙤약볕에/ 쑥쑥 자란/ 내 키는'에서 시인은 앞서 키 작은 냉이와 질경이에 주목했다가 키가 큰 개망초를 불러낸다. 시인이 앞서 불러낸 대상은 키가 작은 들풀이지만 이들이 가진 공통점은 하나다. 강인한 생명력이다. 이는 냉이와 질경이와 개망초가 갖는 특징이 상통한다는 것이다. '밤이슬/ 맛나게 먹은// 맑은 생각'을 만나면서 '마른 땅', '질긴 삶'과 함께 작은 생명이 처한 환경을 통해 자아를 돌아보고 일상에 힘을 얻는가 하면 연민을 통해 존재를 껴안고 확인하며 긍정의 세계를 펼쳐 보이는 힘을 확보한다.

그 외 만난 『박꽃3』 『분꽃의 일생』 『고사리의 연민』 『치자꽃』 『매화』 『동백꽃』 『무화과 연정』 『해송』의 시편들은 우리의 생활 주변에서 자주 만나는 소박한 식물들이거나 각각이 가진 특성들이 발휘되어 우리의 삶과 정서에 합일을 이루며 친근한 성정을 보여주는 대상들로 시인의 추구하는 '작음'과 '소박함'과

'푸름'의 세계에 맞닿아 있음을 알 수 있다.


### 3.

일상에서 의식주가 차지하는 비중은 매우 크다. 특히 하루의 세끼 밥은 먹는 것을 넘어서 삶의 전반에 걸쳐 우선하며 섭생을 주도한다. 시인의 소박한 일상은 그가 즐겨 사용하는 물건들이나 일상 속에서 맞닥뜨리는 작은 것들로 가득하다. 우리의 소소한 즐거움이란 익숙한 것에서, 늘 함께 곁에 둔 손때 묻은 생활용품이나 편의용품, 다양한 도구들 등 의식주 전반에 걸친 물건들에서 온다. 이들은 모두 편안함이라는 공통분모를 갖는다. 어떨 때는 마치 내 몸의 일부처럼 느껴지기도 하는 것이다. '한결같다'거나, '여일하다'거나, '늘'의 의미를 갖는 이들의 정체는 식당을 가거나, 남의 집에서도 비슷한 느낌을 받는다. 생긴 모양이나 색상, 무늬, 크기 등만 다를 뿐 몸에서 떨어져 있다고는 하나 여전히 붙어 있는 느낌을 받게 된다.


둥글게 살아가는
정해진 삶이라며

각이 진
모서리를
아프도록 깎아내어

스스로 무릎을 꿇고
두 손 고이 받든다

—「쟁반」 전문

식탁의 즐거움을
몸으로 끌어안고

날이 선 두드림은
처절한 절규던가

면벽에
성긴 밤잠은
젖은 몸을 말린다

핏물 든 시간 앞에
매몰차게 씻겨져

뒤척이다 다시 눕는

미명의 신새벽을

네모난
획을 그으며
충혈로 뜨는 아침

— 「도마 그 일상」 전문


시적 자아는 둥근 쟁반을 앞에 두고 생각이 깊다. 보통 사람들은 자연의 거대함에 압도되거나 감당할 수 없는 상황에 맞닥뜨릴 때, 뜻밖의 현장을 목도할 때, 그런 것에 노출될 때, 떠밀리거나 내몰리거나 허우적거릴 때 고뇌에 휩싸이거나 우왕좌왕 갈피를 잡지 못한다. 하지만 그런 일들은 사실 그리 흔한 일은 아니라서 쉽게 상상할 수도 없다. 그러나 반대로 작은 것의, 아무 일도 일어나지 않을 것 같은, 너무나 평범하거나 고여 있는 것 같은 그런 상황에서 그런 대상에서, 반복되는 일상의 밋밋함이 이 모든 것을 다 늘어놓아도 하나도 이상할 것 없다. 반복된 일상에서 반복되는 흐름 속에서 반복적으로 만나는 생활 도구에서 특별한 감정을 느낀다거나 감성의 자극을 받는 일은 거의 없다. 그러나 어느 날, 시인은 발견한다. 아주 지극히 사소하고 작은 존재를 크게 깨닫는 것이다. 그리하여 문득 눈에 들어온 이 대상은 전혀 특별하지 않은, 특별한 의미도 갖지 않는 평범한 둥근 쟁반임. 이 작은 대상을 두고 시인은 뜻밖의 노래를 한다. '둥글게 살아가는/ 정해진 삶이라며// 각이 진/ 모서리를/ 아프도록 깎아내어// 스스로 무릎을 꿇고/ 두 손 고이 받든다'(「쟁반」 전문)를 깊이 보아내고 있다.

작품 「도마 그 일상」에서는 '식탁의 즐거움을/몸으로 끌어안고// 날이 선 두드림은/처절한 절규던가// 면벽에/ 성긴 밤잠은/젖은 몸을 말' 리고 있는 '도마'를 만난다. 음식을 조리할 때 반드시 필요한 도구인 '도마'는 온갖 재료들을 위에 놓고 썰고, 다지고, 두드리게 되는, 음식할 때 없어서는 안 될 소중한 물건이다. 특히 생선이나, 육고기 같은, 핏물을 함께 손봐야 할 때 도마의 역할은 더욱 요긴하다. 시인은 이때를 놓치지 않고 상황을 직시한다. '핏물 든 시간 앞에/매몰차게 씻겨져// 뒤척이다 다시 눕는/ 미명의 신새벽'을. 도마의 역할은 이렇듯 긴 밤을 보내야만 만나는 신새벽의 '아침'에 와서야 비로소 절정에 이른다는 것을 안다.


일상에 옥죄이며
벗어나지 못한 동선

허드렛일
소일 삼아

늘상 밟혀온 삶들
뒤축이
허물어져도
헐렁한 발 감싸주네

　　　　　　— 「슬리퍼」 전문


기다림에
익숙한
바람조차 멎은 날

정지된 시간들과
실랑일 하고 있다

누구를
기다리는가
인색한 거리에서

　　　　　　— 「빈 의자」 전문


　시인의 또 다른 일상의 단면이 실내화에서 확인된다. 신발은
우리를 위험으로부터 보호하고 지켜주며 필요한 곳까지 안전

하게 걷게 한다. '일상에 옥죄이며/벗어나지 못한 동선// 허드 렛일/ 소일 삼아/ 늘상 밟혀온 삶들/ 뒤축이 허물어져도/ 헐렁 한 발 감싸주네'(「슬리퍼」전문)를 읽으면서 '슬리퍼'를 통해 일상을 반복적으로 살아가는 시적 자아의 고뇌를 엿보게 되는 데 많은 시간을 집안에서 보내는 시적 자아의 모습이 연상되면 서 한편으로는 바닥에 납작 밟혀 살아가는 미미한 존재에 대한 고마움을 새삼 발견하는 겸손함이 돋보인다. '허드렛일/ 소일 삼아/ 늘상 밟혀온 삶들'은 슬리퍼의 고된 삶이자 시적 자아의 또 다른 각성을 불러일으키는 연민의 대상이다. 이는 '뒤축이 허물어져도/ 헐렁한 발 감싸주네'로 가볍게 귀결하지만 사소한 한낱 소모품을 의인화시켜 읽어내는 시인의 여린 마음과 온기 를 다시 한번 확인할 수 있다는 데서 잔잔한 감동이 인다.

작품 「빈 의자」는 많은 이야기를 하지 않지만 많은 생각을 하게 하는 여운을 남긴다. 주택가 길을 걸을 때, 골목길에서, 상 가 앞에서 만난 의자들. 우리의 생활 주변 곳곳에서 만난 의자 는 그냥 내어놓은 것이 아니다. 방치된 것은 아니라는 말이다. 누군가를 위해, 누군가의 고단한 시간을 위해 잠시 위로의 시 간을 내어놓은 것이다. 시인은 이 부분을 짧은 단수에서 길게 풀어놓고 있다. '빈 의자'는 기다림에 익숙하다. 그 기다림은 우리 모두에게 해당한다. 누구든지 아무나 필요하다면 아무 때 나 앉을 수 있게 자리를 내어놓은 의자가 '정지된 시간들과/ 실 랑일' 하고 있다는 발상이 재미있다. 기다린다는 것은 긍정의 시간이다. 긍정의 시간을 위해 의자는 존재하는 것이며 그 존재는 우리 모두의 긍정을 위한 시간이다. 그 외 '스스로 잊히어서/섧게 사는 아득한 줄// 속뜻 가늠하였지만/ 목숨보다 질긴 삶//당겼다/ 놓아버리면/ 숨이 가쁜 저 속력// 낮은 곳 후미진 곳/ 두루 살펴봐야 했던…(「고무줄」부분)'에서도 힘껏 당겼다가 한순간에 놓아버리면 그 힘을 잃게 되는 속성을 시인은 눈여겨 보았다. '당겼다/ 놓아버리면/ 숨이 가쁜 저 속력//낮은 곳 후미진 곳/두루 살펴봐야 했던' 고무줄의 입장에서 살펴본 낮은 곳의 삶을 훑어내는 시인의 힘을 발견한다. '어머니의 묶어둔/인고의 이야기'를 빗방울에 비유한 것도 이채롭다. 어머니가 살아낸 인고의 세월은 결국 '봇물'이 되어 '후드득 내 안에서도/ 강이 되어 흐'른다. 빗방울을 통해 시적 자아와 어머니의 시간이 함께 어우러짐을 본다.


4.

세상이 너무 빠르게 변한다고는 하나 여전히 그때의 모습, 그때의 삶이 진행하고 있는 것 또한 세상이다. 일일이 변하는 대상을 다 읽어낼 수는 없다 하더라도 최소한 변화하지 않는 대상이 여전히 내 옆에 존재하고 있을 때 비로소 안도의 한숨을 쉬게 된다. 일상의 밀접한 대상일 때 그것의 위력은 크다. 그

것은 크기의 문제가 아니다. 익숙한 정도에 따라 크기와 무게
는 반비례한다. 내 삶을 지탱하고 이끌어주는 세계는 대상에
겹쳐지면서 자아의 환원을 불러오기 때문이다. 성찰과 일상에
대한 반성, 타자에 대한 연민과 여전히 반복하고 있는 삶의 영
속성은 주변적 요소에 따라 변화를 가져오기 때문이다. 최옥자
시인의 시작 노트에서 '글은 나를 일으키는/ 내 안에 맑은 샘
물/ 어딘가에 솟고 있는/ 그 단물 마시고자/ 목마름 가슴에 안
고/ 먼 길 찾아 떠난다' 라는 글귀를 맞닥뜨리는 순간 알게 된
다. 자아를 찾아 끊임없이 걷거나 달리는 시인을 만날 수 있기
때문이다.


나를 향한 체벌인가
거칠게 몰아친다
일상을 거슬렀던
허튼 맘과 과욕들

젖은 옷
사이를 뚫고
차갑게 찔러댄다

간간이 들려 오는

당신의 엄한 말씀
수없이 되뇌이며
허상을 속죄하다

말갛게
하늘이 개면
귓등으로 보낸다

—「소나기 오는 날」 전문


허름한 처마 밑에
손때 묻은 낡은 수레

제 맘대로 가지 못한
먼발치 보고 있다

절박한 삶의 무게를
지치도록 채워야 할

인력으로 끌려가는
저 노파의 뒤를 따라

구겨진 폐품 싣고

긴 한숨도 함께 얹어

어둠이 깊게 내리면
별 헤며 꿈을 꾼다

— 「손수레 단상」 전문

새벽닭 먼저 울어
범종 소리
들려온다

고요 적막
밀어내고
잠든 대지 깨운다

나무와 풀을 흔들고
누운 나를 일으킨다

— 「능가사 옆집」 전문

자연을 통한 순환은 법칙을 만들게 되고 그것을 통해 인간은
깨달음, 성찰, 후회, 사랑, 연민 등의 창을 만들어낸다. 비가 오

거나 눈이 오는 것도 그중 하나다. 시 「소나기 오는 날」은 시적 자아가 성찰에 들고 있음을 발견한다. '나를 향한 체벌인가/ 거칠게 몰아친다/ 일상을 거슬렀던/ 허튼 맘과 과욕들'을 불러내는 시적 자아는 '소나기'가 가진 특성을 자신의 삶과 결부시키는 것이다. 자연의 순환법칙은 그 성질에 갖는 특수성과 그것이 가진 변화와 힘이 너무 커서 인간이 감당하기 쉽지 않다. 특히 눈과 비는 그 양에 따라 받아들이는 정도에서 큰 차이를 갖기 때문에 수동적 자세를 갖게 된다. 최옥자 시인은 '소나기'를 체벌로 받아들일 수밖에 없는 이유를 '허튼 맘과 과욕'이라는 표현을 썼다. 아무리 변화무쌍한 세상일지라도 자연의 힘 앞에서는 한없이 약해지고 작아진다. 최옥자 시인도 예외는 아니다. '소나기'라는 자연의 변화에서 스스로 반성의 시간을 갖는 시인의 모습은 단순히 반성을 위한 반성이 아님을 '간간이 들려오는/ 당신의 엄한 말씀/ 수없이 되뇌이며/ 허상을 속죄'하는 것을 통해 알아차리게 한다. 그릇된 마음, 넘치는 욕심을 스스로 뱉어내며 치유의 시간을 갖고자 하는 것이다.

한편 「손수레 단상」에서는 자아 반성을 넘어 타자로 향한 연민의 눈길을 보여주고 있다. 적절한 거리를 유지하며 대상에 접근한 우리의 생활 주변에서 시인은 그리 낯설지 않은, 낯익은 풍경일 수 있는 폐지 줍는 노인에 주목한 것이다. 많은 시에서 산문에서 신문 기사에서, 심지어 TV에서조차 특별하지 않고 오히려 익숙한 풍경이 되어버린 폐지 줍는 노인의 고난은 새삼

스러운 것도 아니지만 빈부의 격차가 심해질수록 더욱 익숙한 도시의 풍경의 하나로 각인되고 있음을 알게 한다. 하지만 노인의 시각에서가 아닌, '허름한 처마 밑에/ 손때 묻은 낡은 수레'가 주체가 된 이 시는 '제 맘대로 가지 못한/ 먼발치 보고 있'는 손수레의 모습에서 더 애잔한 마음을 보여준다. 스스로는 아무것도 할 수 없는 손수레의 운명은 노파를 만나면서 비로소 노인과 손수레라는 등식이 성립되며 폐품이 완성을 이룬 것이다. '어둠이 깊게 내리면/ 별 헤며 꿈'을 꾸는 손수레의 모습은 우리의 타자의 모습이며 반성하는 자아의 모습이 된다.

최옥자 시인의 시편의 특징은 스스로 낮아지고 스스로 작아지며 스스로 반성의 시간을 만드는 데 있다. 작품 「능가사 옆집」에서도 마찬가지이다. '새벽닭 먼저 울어/ 범종 소리'를 들으며 적막에 든 세계를 밀어내고 자아를 일깨운다. '나무와 풀을 흔들고/ 누운 나를 일으킨다'에서처럼 특별한 사건이나 일이 있는 것도 아닌, 긴 시간에 걸쳐 일어난 것도 아닌 것에서 삶의 일상적 모습을 재현하고 새벽 동안의 짧은 시간을 통해 자각과 성찰에 든 시인의 모습을 만날 수 있게 하는 것이다. 잘 살아낸다는 것은 큰 것을 통해 이루는 것이 아니라는 것, 크기의 정도에 따라 얼마든지 변모 또한 가능하다는 것을 보여준다. 시인의 일상이 엮어낸 풍경은 삶 곳곳에서 숨구멍처럼 발휘되어 시 전편이 추구하고 있는, 어딘가에 솟고 있는 내 안의 맑

은 샘물을 향해 달려가고 있다. 작은 꽃의 세계와 내 안의 푸른
날을 잃지 않는 한 이 운동은 지속될 것이다.

.

시와소금 서정시 02

푸른 바람

ⓒ최옥자, 2020. printed in Seoul, Korea

초판 1쇄 인쇄  2020년 06월 25일
초판 1쇄 발행  2020년 06월 30일
지은이  최옥자
펴낸이  임세한
펴낸곳  시와소금
디자인  유재미 정지은

출판등록  2014년 1월 28일 제424호
발행처  강원 춘천시 충혼길20번길 4, 1층 (우24436)
편집실  서울시 중구 퇴계로50길 43-7 (우04618)
전화  (033)251-1195(팩스겸용), 휴대폰 010-5211-1195
전자주소  sisogum@hanmail.net
ISBN  979-11-6325-015-9  03810

값 10,000원

* 이 책의 내용의 전부 또는 일부를 재사용하려면 반드시 저작권자와
  시와소금 양측의 동의를 받아야 합니다.
* 잘못된 책은 교환해 드립니다.
* 이 책의 국립중앙도서관 출판도서목록(CIP)은 서지정보유통지원시스템
  홈페이지(http://seoji.nl.go.kr)와 국가자료공동목록시스템에서 이용하실
  수 있습니다. (CIP제어번호 : CIP2020018064)

부산문화재단  이 시집은 2020년도 부산문화재단 후원으로 발간되었습니다.